시 읽는 청소년

고래, 고래

조재형 시집

고래, 고래

펴낸날 2023년 5월 1일
2쇄 펴낸날 2023년 5월 31일

지은이 조재형
펴낸이 주계수 | **편집책임** 이슬기 | **꾸민이** 이슬기

펴낸곳 고래책빵 | **출판등록** 제 2018-000141 호
주소 서울시 마포구 양화로 7길 47 상훈빌딩 2층
전화 02-6925-0370 | **팩스** 02-6925-0380
홈페이지 www.bobbook.co.kr | **이메일** bobbook@hanmail.net

© 조재형, 2023.
ISBN 979-11-92726-38-0 (43810)

고래가 노는 바다는
넓고도 넓으니
고래는 얼마나 좋을까

아이들은 맘껏 놀고 싶지만
늘 통제와 제약이 따른다.
스스로 성장해나갈 수 있도록
힘이 되어주고 싶었다.

어른들은 고래고래
소리 지르지만,
아이들은 고래, 고래
즐겁게 웃는다.

2023. 3.

조재형

차례

1부_ 잔소리 대마왕 _____

2부_ 문제아는 없답니다! _____

3부_ 비밀전학

4부_ 누구 고민이 가장 힘이 셀까?

1부

잔소리 대마왕

단풍

공부는 정말 하기 싫고

선생님 눈치 보며 창밖을 내다보다가

미술 시간에 쓰던 물감 들고 나가

은행나무 느티나무 가리지 않고

한꺼번에 다 쏟아 부었다

이젠 그 아이 뺨만

붉게 물들이면 되는데

가을도 얼마 남지 않았는데

다이어트

엄마! 엄마!
아무래도 우리 집 체중계가
이상한 거 같아

학교 보건실에서 잴 때 하고
차이가 너무 많이 나

그럴 리가 있겠니
우리 집 저울은 네 언니처럼
요령껏 다뤄야 한다니까

최대한 사뿐하게 올라가고
조심스레 밟으라잖니

아무리 먹어도 살이 안 찐다는
우리 언니를 정말
밟아버리고 싶다

급발진

덥고 습한 날씨에
소나기라도 퍼부으면 좋으련만

정민이는 벌점이 넘쳤다고
죄 없는 화장실 문짝을 걷어차고

준호는 하필 점심을 먹는 중에 혼났다며
밥 먹을 때는 개도 안 건드린다며
키보드를 박살내고

한솔이는 발목 다쳐 깁스 한 친구
목발을 부러뜨리고

날씨 탓인가, 오늘은 유난히
브레이크 없는 자동차들이 불쑥불쑥
시도 때도 없이 튀어나와서

교실, 운동장, 교무실도 가리지 않고
급발진을 해대는 통에

선생님 몸은 하나
감정은 천 갈래, 만 갈래

뭐라고? 학교 밖이라고!

집 나온 야옹이를
도둑고양이라 부르는데
그건 고양이한테 엄청난 실례야

그래서 길고양이란 말이 생겼지만
난 뭐라 불려야 되는지
사실 나 자신도 잘 모르겠어

내가 학교를 뛰쳐나왔다고
학교에서는 나를
학교 밖 청소년이라 부른다지

남의 사정도 잘 모르면서
뭐라고?
학교 밖이라고!

내 마음은 아직
운동장이 잘 내다보이는 창가 맨 뒷자리
교실 안에 있단 말이야

아빠와 아이폰

아빠!
새 아이폰으로 바꿔준다는 약속
이번엔 꼭 지켜야 해요

미안!
자전거 새로 산다고 돈 다 썼는데
조금만 더 기다려 주면 안 될까

이번에도 약속을 어기다니
너무나 서운하고 화가 치밀었다
차라리 처음부터 약속을 하지 말던가

딸보다 자전거가 더 우선순위라니
또 약속을 어긴 아빠가 미워서
잠깐이지만 몹시 나쁜 생각을 했다

아빠 몰래 자전거를 팔아버릴까
아니, 아빠를 팔아
아이폰을 사버릴까

고래, 고래

욱! 화가 나면 참지 못하고
소리부터 지르는 친구가 있다
선생님들도 가끔 그럴 때가 있다

그런데 왜 소리 지른다는 표현을
고래고래라고 했을까?
바다의 고래는 전혀 그런 느낌이 아닌데

아빠가 술을 먹고 들어와
소리를 지르는 날이면
집안 분위기는 엉망이 된다

상담실에서 처음으로
우리 집 걱정거리를 털어놓던 날
선생님은 아무 말 없이 다 들어주시고는

짧게 몇 마디만 하셨다
그래그래, 그랬구나!
참 힘들었겠구나!

고래, 고래 보다

그래, 그래 참 좋다

마음 넓은 바다의 큰 고래를 생각하며

봄볕

소년원학교 높은 담장
그보다 더 높은 것은
쉽게 열리지 않는 마음의 벽

그 꼭대기까지 가닿을 수 없어서
차라리 몸을 아래로 낮추고 낮추어
피어나는 개나리꽃을 보았다

개나리보다 더 낮고 작게 피어나는
제비꽃도 보았다
훨씬 작은 봄까치꽃도 피었던데
하찮고 서러운 것들은 눈에 띄지 않아서
더 자세히 들여다보았다

어우러진 꽃 무더기 틈에서 웃고 있는
네 모습을 떠올려 보았다
상한 미소가 자꾸만 겹쳐져
애써 눈을 감아도 보았다

웃고 있는 네 모습을
포기할 수 없기에
놓칠 수 없기에 오래오래 무릎 굽혀
내려다만 보았다

저 화려한 봄볕을
품에 가득 퍼 담아 두었다가 꼭
너에게 전해주고만 싶었다

빚과 빛

인터넷 게임에 중독된 정현이가
게임머니로 진 빚이 수십만 원이란다

엄마의 기대에 미치지 못하는 성적 때문에
어깨가 무거운 내 마음 빚은
과연 얼마나 될까?

아이가 자해를 하는 건 아이 엄마와 헤어지고
잘 돌보지 못한 자신의 책임이라는
지연이 아빠가 지고 있는 빚은 또

주희를 전학 보내면서
좀 더 세심하게 살피지 못했다고 자책하는
담임선생님이 떠안은 빚까지

마음에 빛이 부족해 생긴
저 빚들은 누구의 잘못으로 돌리기 전에
함께 짊어져야 할 모두의 빚

빚을 갚는 방법은 오로지
마음에 환한 빛을 쪼여주는 것뿐!

잔소리 대마왕

좀 늦더라도
적성에 맞는 길을 함께 고민해 보자
선생님이 격려해 주셨습니다

아빠도 옛날에 똑같은 실수했으면서
널 너무 다그치는구나
할머니는 언제나 꼭 안아주십니다

학원 마치고 나면
과외수업 늦지 않게 곧바로 가야 해!
엄마는 늘 재촉합니다

서두르고 조급한
잔소리 대마왕입니다
본인 모임 약속은 항상 늦으면서

천천히 가라

남들이 뛰어가더라도
너는 천천히 가라

모두가 서두르더라도
오직 천천히 가라

누군가는 질러가더라도
너는 돌아서 가라

기대어 쉽게 가려 하지 말고
혼자서 꿋꿋하게 가라

마침내 아무도 가지 않은
너만의 길을 가라

키스의 정석

손부터 잡아야 하지?
아니면 먼저 꼭 안아야 하니?

아니 손은 안 잡아도 돼
어깨를 감싸 안는 게 중요해!

눈은 꼭 감아야 하니
눈을 감으면 입술이 안보일 텐데

입술은 안 보여도 괜찮아
본능적으로 알게 돼

그리고 더 웃기는 건
키 차이가 나도 전혀 상관없다니까

나처럼 평균 이하로 작아도
전혀 관계없다니까!

그보다 정말 중요한 건

입술에 힘을 완전히 빼야 해

눈동자도 아닌데 도대체
어떻게 입술에 힘을 뺀다는 거지?

아침 조회 시간

민들레학교 선생님들은
조회시간에 잔소리를 안 하신다

양지쪽에 조금 일찍
혼자서 피어난 민들레!
감나무 밑에 정답게 서로 마주보며
웃는 듯 피어난 민들레!

오솔길 옆에 남모르게 조용히 피어난
하양 민들레!
몸을 낮춰 누운 듯 피어난 민들레!
키가 제법 큰 민들레!

돌 틈 사이로 힘겹게 피어난
작은 꼬마 민들레!
보송보송 솜털이 많은 민들레! 하고
아이들 이름을 하나하나 다 불러주신다

저쪽 빈자리는 무슨 일로 늦을까?

이름을 부른 뒤 함께 걱정도 해주시고
무엇보다 칭찬을 많이 하신다

모두들 곱고 예쁘게 자라나서
훗날 튼튼한 홀씨가 될 거야!

민들레 학교 조회 시간은
하나도 지루하지 않고 모두 즐겁다

반달

우리 반에서 일어난 학교폭력 때문에
교실 분위기가 온종일 무거웠다

둘은 원래 친한 사이였기 때문에 더 그랬겠지
담임선생님은 또 얼마나 힘드셨을까

학원 갔다 돌아오는 밤길에
반달이 떠 있는 걸 보았다

가해한 친구도 반쪽
피해당한 친구도 반쪽이 되어 있을 거다

가뜩이나 부족한 잠도
오늘은 반도 못 잘 것만 같다

꼭 화해된다면 좋겠다
반달도 예쁘지만, 반쪽과 반쪽이 합쳐져

보름달로 뜬다면
더 밝고 환한 밤길이 될 수 있을 테니

센서등

많이 힘들었을 텐데
도움이 될 수 있겠느냐며

따뜻한 미소부터 건네는
우리 학교 상담선생님은

꼭 필요할 때
짠! 하고 나타나

마음을 밝혀주는
환한 센서등

팽이

누구라도
처음엔 서툴지

이리저리 헤매며
바닥을 더듬다가

쓰러졌다 다시 일어나
곧추서서

당당하게 돌아가는
끈질긴 팽이

끝까지 포기하지 않으니
확 풀려버린 수학 문제처럼

2부

문제아는 없답니다!

여름 개학

학교야! 정말 오랜만이야
좋은 봄 다 지나고 6월 개학이라니!

그런데 말이야
간신히 일어나 눈 비비며 학교 갔는데
등교한 첫날부터 교실도 졸고 있는 거야

의자도 책상도 아직 잠이 덜 깨서
해롱해롱 헤매고 있는 거야

그나마 선생님들이 마스크를 쓴 채
땀을 뻘뻘 흘리고 뛰어다니며

자고 있던 피아노랑 농구대도 깨우고
화장실과 급식소도 모두 깨워서
오랜만에 제때 밥도 먹이고

세상에 이렇게 긴 늦잠이라니
여름 개학이라니!

마스크

체육 시간에 선생님이
마스크를 안 쓰고 수업했다는데
어떻게 그럴 수가 있죠?

어머니! 선생님께 물어보니
계속 호루라기를 불어야 하니까
어쩔 수 없이 턱에 걸친 적이 있고

아이들과 함께 뛰어다니다 보니
갑자기 마스크 끈이 끊어져
곤란한 적도 있었다고 하네요

더욱 조심하겠다고 하니
더는 걱정하지 않으셔도 되겠어요
선생님도 얼마나 답답했겠어요?

참았던 얘기

입 다물고
조용!

계속 마스크 쓰고 있다가
급식소에 와서 처음 벗었는데
그동안 참았던 얘기가 많다고요

그래도 말하지 말고
입 다물어!

입 다물고
어떻게 밥을 먹어요?

어쩔 수 없잖아
제발 좀 조용!

코로나19와 마스크를 핑계로
선생님이 더욱 꼰대가 되는 것 같다

사회적 거리두기

새해를 맞았다
A·D(Anno Domini) 2022년이자
A·C(After Covid19) 3년 차

모든 게 조심스러운 일상에서
과연 가족이란 뭘까?

요양병원에 계신 할머니께
유리벽 세배를 할 수밖에 없지만
보고 싶어도 참아야 하지만

가족 간의 사회적 거리두기는
영원히
0단계다

어쩌다 등교 수업

오랜만에 등교해서 만난 선생님이
코로나바이러스에게 하고 싶은 말이 있으면
한마디씩 해볼 것을 제안했다

사람이었다면 한 대 때리고 싶어요(혜은)
입학식도 못 했는데 체육대회도 축제도 못 한다니
희망이 깨져버린 것 같아요(아윤)

선생님과 친구들이 기계가 된 것 같아요
화면 속에서 움직이는 기계요(재원)
마스크 벗은 친구들 얼굴을 정말 보고 싶어요
물론 선생님도요(세현)

2인용 책상에 짝꿍이랑 같이 앉고 싶대요
초등학교 입학한 동생 얘기예요(경환)
등록금이 너무 아까운 것 같대요
대학에 입학한 누나 얘기예요(준서)

생명보다 소중한 건 없잖아요

어쩌면 코로나에게 고마운 것도 있죠(명관)

사회가 없는 사회가 된 것 같아요(지은)

문제아

어른들이 떠넘긴
돌덩이 같은 문제를

온몸으로 부둥켜안고
힘겹게 버티는 아이랍니다

그러니 문제아란 말 절대
함부로 쓰지 마세요

문제 어른은 있어도
원래 문제아는 없답니다

원격수업

마스크 쓰고 있다고

대면수업 아니라고

데면데면하지 마세요

다 보고 있답니다

웃픈 이야기

마스크를 벗으면
어! 누구지?
한순간 당황했다가

마스크를 다시 써야
비로소 아!
너였구나? 한다

마스크 안에 갇힌
웃기면서 서글픈
지구별 이야기

우리 엄마 맞아?

엄마가 나를 위해
영어 공부를 시작했다

영어로만 얘기하자고
굳게 약속한 지 사흘째다

엄마가 입을 꽉 닫은 지도
어느덧 사흘째다

집안에만 있지 말고
가끔 바람도 쐬라며 외출할 때는
꼭 음식물쓰레기를 건네주신다

우리 아가 밥 먹어야지
다정한 목소리가 들리기에
반갑게 나가보니

고양이 밥과 금붕어 밥을
알뜰히 챙기고 계셨다
식탁 위는 텅 비어있다

강제전학

귀걸이와 화장을 하면 안 되고
머리 염색은 더욱더 불가능한 것도 강제
형식적인 봉사점수 다 채워야 하는 것도 강제

학원에 과외에 흥미 없는 공부 그만 멈추고
요리학원, 보컬학원에 등록할 수 없는 것도 강제
그럴듯한 자기소개서 포장을 위해
자주 주말을 반납하는 것도 강제

난 강제와 통제에서 탈출하고 싶었고
거부하고 싶었고 과감히 벗어나고 싶었고
자유를 추구하고 싶었지만
결과는 참담하다

강제가 쌓이고 거부와 충돌하며
순응하지 못하는 실패자가 되어 결국
강제전학이라니!

그랜드 피아노

(이 그랜드 피아노는
학생들의 작은 음악회 연주용으로
허가된 연주 시간 외에
개인적으로 피아노에 손을 대면
벌점 10점입니다
절대! 손대지 않습니다)

안내 문구를 본
성욱이가 말했다
"아니, 자유롭게 치지 못하게 할 거면
비싼 그랜드 피아노는 왜 샀대?"

경민이가 웃으며 대답했다
"전시효과라니까!
전시효과 몰라?"

귀꺼풀

피곤하고 졸릴 때
보기 싫은 것이 있을 때
눈꺼풀이 살짝
시야를 가려준다

집에선 엄마 잔소리
학교에 오면 선생님 잔소리에
불필요한 친구 험담까지
적응이 안 될 때

귀에는
귀꺼풀이 있다면 좋겠다
세상이 너무 시끄러워
귀가 쉴 틈이 없다

이건 좀 아닌 것 같아

에어컨 추울 정도로 켜놓고
긴 체육복 겹쳐 입기

선생님의 생활 상담은 무시하고
학원의 성적 상담만 신경 쓰기

방학 앞두고 이미 본 영화
최신 작품인 것처럼 틀어주기

학교 화장실 휴지라고
남 생각 안하고 함부로 쓰기

특별반을 만들어
특별대우하기

○○대학 합격생만
축하 현수막 걸어 주기

애들은 다 안다

"학교 종이 땡땡땡
어서 모이자

선생님이 우리를
기다리신다"라고 배웠는데

애들이 특별히
부지런해서 그런가?

아침마다 우리 반은
담임선생님을 기다릴 때가 많다

교장샘한테 크게 혼나시고도
어휴!

3부

비밀전학

비밀전학[*]

왜 전학 온 거예요?
······ (비밀이란다)

어디서 온 건데요?
······ (비밀이라니까)

뭐가 그렇게 비밀이 많아요?
······ (사정이 있을 테지)

반장인 저는 알아도 괜찮지 않을까요?
······ (더 물으면 더욱 곤란한데)

선생님들끼리는 다 아시잖아요?
······ (아니, 그것도 비밀이란다)

우리 반으로 전학 온 친구에게
관심을 두는 건 당연하지만

때로는 무관심이

남을 배려하는 일이라는 걸
선생님도 새로 배웠단다

* 학대 등으로 어려움에 처한 학생을 보호하기 위해 전학하는 경우.

도움반 준형이

항상 모자를 쓰고 학교에 오는 아이
이른 아침 교문을 들어서며
'안녕하세요'라고 시작해
한 사람을 열 번 마주쳐도
그때마다 인사를 하는 아이
하교할 때까지 수백 번쯤
똑같은 인사를 반복한다

엘리베이터에서 이웃을 만나도
같은 공간에서 여러 번 마주쳐도
마음에 들지 않으면
인사도 없이 외면하는 사람도 많은데
준형이는 사람이 그리운지
아니면 사랑이 그리운지
하루 종일 인사를 한다

준형이의 인사를 다 받지 못하고
그만해라고 말하고
미안한 적이 많다

준형이는 우리 학교 아이들 중
인사를 가장 잘하는 학생이다

싱크홀

한국에서 계속 지내자니
엄마가 너무 보고 싶고

엄마의 고향 나라로 가자니
아빠가 마음에 걸리고

오늘은 환하던 둥근 달도
땅속으로 사라져 버렸다

달 속에 숨겨 두었던
엄마 모습도 보이지 않는다

아빠 눈치가 보여 영상통화도 못 하는
내 마음은 푹 꺼져버린 싱크홀

지우지 못한 메시지

선생님과도
이게 마지막인 것 같아요
그동안 고마웠습니다
친구들아 미안하고
사랑해

문자의 홍수 속에 살면서도
영혼의 메시지는 왜
알아차리기가 쉽지 않죠

손목에 흐르는 피가 두렵다면
마음속에 가둬둔 상처를 읽어내야죠

병원에 누워있는 환자에게만
헌혈이 필요한 게 아니죠
마음에도 꼭 헌혈이 필요하죠

병원학교[*]

돌아가자! 원래 학교로
여기는 너의 학교가 아니잖니

좁은 창틀에 하늘이 가려
세상이 흐릿하게만 보이는구나

나무숲에서 새들이 지저귀고
친구들의 활기찬 수다가
운동장에 가득한 미세먼지마저 날려버리는
그곳으로 가자

아이들 발걸음 소리로 들썩이는
학교로 가는 길을 잊은 건 아니겠지
설마

너를 기다리는 빈 신발장과 사물함
책상과 의자도 헛기침하며 한숨을 내쉰다
그러니 물결 거센 배에서 내려
그만 학교로 가자

학교가 아니라도 어디로든 가자
너를 가둔 마음의 벽을 깨고
햇살 고운 곳으로 가자

* 정신적, 신체적 문제로 병원에 개설된 학교에서 공부하는 학생들이 있음.

눈빛이 너무 닮았다

학교폭력 때문에 불려와
씩씩대며 진술서를 쓰고 있는 아이의
눈빛과

강제전학 온 지영이가
처음 낯선 교실에 들어왔을 때
어색함과 당황스러움이 섞인
눈빛과

학교에서 담배를 피운 게
죽을죄는 아니지 않느냐고 오히려
의자를 걷어차며 큰소리치는 기준이의
눈빛과

불타버린 밀림에서 구조된 뒤
동물보호소에 옮겨진 오랑우탄의
눈빛이 너무 닮았다

저 불안한 눈빛을
순하게 잠재울 이 누구인가

짱!

괜찮아! 그 정도 실수는
다시 한 번 침착하게 시도해 보렴

어색함이 쌓이면 결국
익숙함이 될 거야

그럴 수도 있어
선생님도 과거에 그런 적이 있었거든

어른들도 실수하고 부족한 게 많아
안 그런 척할 뿐이야

실수하는 만큼
분명 성장할 수 있단다

네 입장도 충분히 이해하고
지금도 잘하고 있으니 걱정하지 마!

과연, 우리 선생님
짱!

11월 11일

빼빼로 데이다
기어코 담임선생님이 사주시는
빼빼로를 먹고 싶어서

가끔 초콜릿도 갖다 드리고
목캔디도 슬쩍 책상 위에 놔뒀었는데
답장이 없다

빼빼 마른 우리 선생님
쩨쩨한 건가
설마, 잊으셨겠지

바뀐 속담 공부

꼬리가 길면 밟힌다
−머리가 길면 벌점이다

말이 씨가 된다
−농담이 학교폭력 된다

가을 상추는 문 걸어 잠그고 먹는다
−치킨과 피자는 문 걸어 잠그고 먹는다

약속은 적게, 실행은 많이!
−참견은 적게, 칭찬은 많이!

아이에게 매를 아끼면 아이를 망친다
−아이에게 매를 대면 무조건 아동학대다

배우기에 너무 늦는 법은 없다
−벼락치기 공부는 이미 늦었다

꿈의 주인

바이올린은 나한테 안 맞는 것 같아
정말 섬세한 악기라는데
나는 좀 덜렁대잖아
그보다 무대에 선다는 게 너무 부담스러워

너는 운동하는 거 재밌어?
글쎄, 엄마가 배구 선수로 크게 성공하고 싶었는데
부상으로 중간에 포기해야 했대
그래서 나한테 거는 기대가 너무 커

저희 민수 꿈이 의사거든요
쟤 아버지도 꿈이 의사였는데
형편이 어려워 공대로 진로를 바꿨답니다

꿈도 강요하면 변종이 된다
그냥 놔둬야 당당한 주인이 된다
잠도 실컷 자게 놔둬야 악몽을 꾸지 않는다

심폐소생술

어렵게 타이밍을 잡아
우리 사귀자!
고백하려는 순간

안주머니에 넣어 놓은 핸드폰이
부르르 떨었다

떨리는 내 마음을
이 녀석이 어떻게 알았는지

심장이 멎지 않게
심폐소생술을 해줬다

눈치 없다 해야 하나
고맙다고 해야 하나
덕분에 오늘도 고백은 물 건너갔다

교과서를 버리자

시를 제대로 알고 싶다면
시인의 마음을 이해하고 싶다면 먼저
교과서를 버리자

맞춤법과 띄어쓰기를 버리고
보여주기 위해 시를 외우는 습관도
과감히 버리자

상징과 은유마저 버리고
교과서를 버리자
참고서도 과감하게 다 버리자

제재나 갈래
애상적이라거나 역설적이라는 설명도
모두 무시해 버리자

다만 시인의 가슴에 고여 있던 심장 소리
그가 노래한 새소리와 꽃향기
발자취에 집중해 보자

시와 정말 친해지고 싶다면

시인의 마음을 알고 싶다면 당장

교과서부터 버리자

주인

악어가죽은 악어에게
여우목도리는 여우에게
돌려주고

거위털은 거위에게
북극곰에게는 시원한 빙하를
돌려주고

친구에게 빌려 쓴 데이터는
꼭 고맙다는 인사로
돌려주고

독도는 원래 우리 땅이니
돌려준다는 건
말도 안 되고

4부

누구 고민이 가장 힘이 셀까?

직업병

선생님! 제발
수업 좀 너무 열심히 하지 마세요

진도를 핑계 삼아
쉬는 시간을 빼앗아 가지 마세요
양이 많아 벅찰 때도 있어요

솔직히 저녁에 학원가면
한 번 더 배우거든요

과외 수업까지 받는다면
거의 박사 수준 아니겠어요

다 저희를 위해서란 것 잘 알아요
그래도 목도 좀 아끼시고요
꾸벅꾸벅 졸 때는 못 본 척도 하시고

칭찬이나 따뜻한 격려의 말을
더 많이 해주세요

누구 고민이 힘이 셀까?

열 손가락 깨물어서
안 아픈 손가락 없다는 건
전래동화 같은 할머니의 고민

천 명이나 되는 학생들 중
단 한 명이라도 좋지 않은 일이 생기면
마음이 좋지 않다는 선생님들의 고민

내 가장 큰 고민은
엄마 아빠가 나 때문에 고민하는 건데
성적 앞에서는 어떤 고민도 맥을 못 춘다

과연 누구 고민이
가장 힘이 셀까?

왜 그럴까

최신형 스마트폰이 나왔다고
인터넷 속도가 총알만큼 빨라졌다고

게임이 드디어
만렙을 찍었다고

자율주행으로 달리는 자동차가 나왔다고
정말 세상이 점점 좋아진다고

그런데 왜 학교를 떠나는 애들이
계속해서 생겨날까

왜 삶을 포기하는 사람들이
자꾸만 늘어날까

왜 아이들을 학대하는 어른들은
점점 더 많아질까

도대체 왜 그럴까?
세상이 정말 좋아지고 있는 걸까?

우리를 가두는 말

아직 희망의 날들이 많은데
우리를 가두는 말

너는 영재구나! 또는
넌 정말 안 되겠다
이건 절대 안 돼!

이런 극단적인 말
옳고 그름만을 구분해 평가하는 말

기준을 세워놓고
그에 맞춰 줄을 세우고
개성은 아예 무시해버리는 말

어른들의 경험과 판단만 옳다고
강요하는 딱딱한 말

어쩌면 신이 허락하지 않은 말
함부로 해서는 안 되는 말

짝퉁

묘하게 색깔이 다르다
상표를 자세히 보자고 할 수도 없고
아마도 짝퉁 같다

찢어진 흉내도 내긴 했는데
왠지 어색하다
분명히 짝퉁이다

그래도 좋다
청바지 입은 교감샘과는
좀 통하는 것 같다

상점이 간절해서

분리수거도 깨끗이 하고
식수대 청소까지 도와드렸는데
상점 두 배로 주시면 안 될까요?

계단 청소 저 혼자 다 했어요
수학 점수가 무려 20점이나 올랐다니까요
승강기 몰래 타는 애들 신고했어요

보건실에 친구 데리고 갔다가
선생님 도와드리고 오느라 늦은 거라고요

솔직히 말씀드리면 잦은 지각에
화장과 치마 길이가 짧아 벌점이 가득 찼는데
상점 받게 좀 도와주시면 안 될까요?

아무래도 영양선생님께 부탁해서
상점 반찬을 만들어 달래야겠다

할아버지가 틀렸다

할아버지가 말씀하셨다
세상 사람들 중에는

꼭 있어야 하는 사람
있으나 마나 한 사람
없어도 되는 사람이 있단다

할아버지가 학창 시절부터
오래 새겨 둔 말이란다

많고 많은 세상 사람들 중에
없어도 되는 사람은 없다

세상이 변했다
미안하지만
할아버지가 틀렸다!

손편지

오늘 1교시부터 정환이가
선생님께 대들고 소리를 지를 때
저희도 무척 당황했어요

얼마나 놀라고 당황하셨어요?
겁먹은 선생님의 눈동자가
쏟아저 내릴 것 같아 눈물이 핑 돌았어요

오랜만에 힘들게 등교했지만
불안했던 마음을 풀 길이 없었을 거예요
속으로는 인정받고 싶었을 거예요

그러니까 선생님!
자책하거나 너무 속상해하지 마세요
선생님을 걱정하는 애들이 훨씬 더 많으니까요

선생님! 선생님!
저희들 마음 아시죠?

반성문 삼대

순간의 피로를 이기지 못하고
졸음으로서 스승님의 강의에
지장이 되었음을 깊이 뉘우치는 바입니다
(이건 도대체 언제 적 얘기지?)

다시는 졸지 않겠습니다
절대 지각도 하지 않고
야간자습 시간에도 도망치지 않겠습니다
(아빠도 이런 걸 썼었다고요?)

저 좀 제발 깨우지 마세요!
쓸 말 없어요
그리고 제가 왜 벌 청소를 해야죠?
(반성문은 또 뭐람!)

한글 이름

내 이름은 정·가·을
나이는 열다섯 살

가을에 태어났다고
아빠가 지어주신 한글 이름

그런데
비비추, 꽃다지, 각시취
이런 이름은 누가 지었을까?

내 이름도 좋지만
너희들 이름이
훨씬 더 예쁘구나!

글짓기 시간

애들아! 오늘은
곱고 예쁜 말만 검색이 가능한
와이파이를 무제한 제공한다

선생님!
한글날인 거 아시면서
와이파이라니요?

세종대왕 같은 사랑의 마음으로
소박한 상품도 준비했다
초코파이다

한글날이 무슨
파이데이인가 보죠?
초코파이도 먹을 만큼 먹었고요

신선도 떨어지는
아재개그도 그만 좀 멈춰주세요

우리 학교 청소 당번

교장실 청소 당번은
당연히 교장선생님

2학년 교무실 청소 당번은
2학년 담임선생님들

급식실 청소 당번은
영양선생님과 조리사님

보건실 청소 당번은
물론 보건선생님

가끔 저희가 도와드릴 테니
힘든 일 있으시면 말해주세요

엄마 없이

한 아이를 상담하려고
비장한 각오로 임했다가

오히려 아이가 나에게
한 방 크게 먹인 말

"엄마 없이 살아봤어요?
그렇지 않으면 더 묻지 마세요!"

······, ······, ······
······, ······, ······

어색한 침묵 끝에
아이는 뛰쳐나가버리고,

내가 미처 몰랐구나!
정말 미안하구나!

짜장면 이야기

몸이 아픈 아버지와 단둘이 사는 아이를 어떻게든 졸업시켜야 했기에, 아침마다 전화를 걸어 잠을 깨우는 것이 중요한 일과였습니다. 전화를 안 받는 날은 수업이 없는 시간을 틈타 몰래 아이를 데리러 집으로 찾아가기도 했습니다. 가끔 사고를 치기도 했지만 중화요리 배달을 하며 어렵사리 학교를 마친 친구, 짜장면을 먹으러 가면 사이다를 한 병 툭, 식탁에 올려놓고 가던 무뚝뚝한 친구, 군 생활까지 마치고 다시 중국집에서 만난 친구는 제법 어른스럽게 변했더군요. 그러던 어느 해 장맛비가 많이 내리던 날, 중국집에 배달 주문을 했는데 많이 기다려야 한다기에 그러려니 하고 있었습니다. 그런데 예상치 못한 시간에 초인종이 울리더니 그 친구가 배달통을 들고 나타났습니다. 오래전 딱 한 번 왔었던 집을 기억하고, 음식을 새치기해서 급히 배달을 온 것입니다. 짜장면을 먹는 내내 목구멍으로 치밀어 오르는 설명하기 힘든 감정 때문에 무슨 맛인지 모른 채 그래도 그릇을 다 비웠습니다. 짜장면 맛이 없어지면 비로소 철든 어른이 된다는 농담이 생각났습니다. 그날 이후로 짜장면 맛이 완전히 달라졌습니다.

'비밀전학'이 뭐예요? 선생님!

'비밀전학'이 뭐예요? 선생님!

"비밀전학이 뭐예요? 제가 전학 가는 거 친구들이 다 알 텐데요. 그게 어떻게 비밀전학이 될 수 있어요. 인사도 못 하고 조용히 사라지란 얘긴가요? 비밀전학이 뭔지, 정확히 알려주세요. 선생님! 그리고 전학을 가게 되면 어디로 가야 하는지도요. 저는 동생들도 많은데, 걔들도 전학을 가야 하나요? 초등학생하고 제가 같은 학교로 갈 수는 없잖아요?"

아이는 자신이 왜 학교를 옮겨야 하는지 전혀 이해하지 못하는 듯했다. 물론 선생님도 제대로 설명하고 싶었지만 쉽지 않았다.

아이에게는 이런 사연이 있다. 가족은 모두 다섯. 아빠와 외국인 엄마 그리고 두 명의 동생이 있다. 엄마는 다른 이주민들보다도 유독 한국말이 서툴렀고, 그런 이유 때문인지 직장을 자주 옮기는 등 한국생활에 잘 적응하지 못했다. 스트레스가 심했는지 자주 술을 마셨고 아빠와 사이도 좋지 않았다. 이런 환경에서 아이는 어린 동생들을 돌봐야 했다. 서툴고 힘에 부쳤지만,

늘 동생 둘을 최선을 다해 챙겨왔다. 자신도 돌봄이 필요한 나이에 일찍 철이 든 것이다.

그러나 아이에게는 점점 곤란한 상황이 발생한다. 초등학교 3학년 때 아빠가 돌아가신 것이다. 게다가 아빠가 돌아가시고 얼마 되지 않아 엄마가 외국인 남자와 재혼했다. 새아빠에게는 성인이 된 언니와 어린 동생이 있어서 가족이 모두 일곱 명으로 늘어났다. 그나마 새로 생긴 맏언니는 독립해서 함께 생활하는 식구는 여섯 명이었다. 새아빠는 집과 멀리 떨어진 곳으로 일하러 다니기에 집을 비우는 일이 많아 다섯 명이 생활할 때도 잦았다. 하지만 엄마의 술버릇과 불규칙한 생활은 지속되었고 아이는 더 힘들어졌다.

챙겨야 할 동생이 늘어났고, 동생들 간의 갈등도 심해졌다. 의사소통이 어려운 엄마, 마찬가지로 한국말이 서툰 새아빠와의 관계도 어려움이 많았으리라 짐작이 된다. 의사소통이 원활하다면 해결될 수 있는 간단한 일조차 꼬일 때가 많았다. 그나마 다행인 것은 성인이 된 언니가 아주 가끔 대화 상대가 되어주었다는 것이다. 하지만 언니도 자기 생활에 바빠 자주 만날 수 있는 상황은 아니었고 아빠를 만나러 오는 것을 별로 달가워하지 않았다. 다만 아이가 처한 상황을 이해하며 친동생 못지않게 챙겨주고 따뜻하게 대하려고 노력했다는 것을 아이와 상담하면서 충분히 느낄 수 있었다.

초등학교 졸업을 앞둔 겨울, 아이는 엎친 데 덮친 격으로 언니와도 아픈 이별을 겪게 되었다. 언니도 학창 시절부터 마음의 병을 앓고 있었고, 평탄치 않은 성장기를 보냈다. 성인이 되었지만 결핍된 청소년기를 보낸 언니에게도 돌보아줄 어른이 필요했을 것이다.

주변의 힘든 일을 통해 가족관계가 더욱 단단해졌다면 다행이겠지만, 아이의 엄마는 조금도 달라지지 않을뿐더러 언니의 일이 있고 난 뒤 집안의 분위기는 점점 더 나빠졌다. 경제적인 형편도 갈수록 어려워졌고 이런 상황은 아이와 동생들의 학교생활에서 그대로 드러났다. 중학교에 입학하면서부터 아이가 처한 형편은 선생님에게도 부담과 걱정거리가 되었다. 아이는 동생들을 돌보느라 결석이 잦았고 눈에 보일 정도로 지쳐갔다. 또한 코로나 19의 영향으로 이제 관심과 상담만으로 해결할 수 없는 문제로 번져나갔다.

결국, 아이의 가정 형편이 그대로 노출되어 외부에서 개입하고 지원하지 않으면 안 되는 상황에 다다랐다. 여러 차례의 고민과 수차례의 가정방문, 어렵사리 상담을 통해 아이와 동생들은 부모와 분리되어 시설에 보내지기로 결정이 났다.

아이는 '비밀전학'을 갈 수밖에 없는 상황이 되었다. 이제부터 부모와 떨어져 시설에서 거주하고 시설에서 가장 등교하기가 쉽고 가까운 학교로 전학 간다는 것이다. 단순히 거주지를 옮기는 일반 전학과는 다르게 철저히 비밀이 유지되어야 하고, 관계된 몇 사람만 최소한으로 사정을 알고 전학하는 것 외에 다른 것은 모두 비밀에 부쳐지는 게 비밀전학이다.

언뜻 들으면 무슨 큰일이라도 저질러 몰래 아이를 다른 곳으로 보내는 것으로 잘못 인식하기 쉽다. 마치 아이에게 멍에를 지게 하는 것처럼 보인다. 물론 아이들을 보호하기 위해 생긴 제도이지만, 그 누구라도 이를 받아들이는 게 쉽지 않고 아이에겐 또 다른 상처를 안겨주는 셈이다.

선생님은 이걸 잘 설명하고 아이를 안정시켜야 한다. 하지만 아직 어느 지역의 시설로 가야 하는지 주변에는 어떤 학교가 있는지 충분한 정보도 없고, 흔한 일도 아니라서 선생님도 당황스럽기는 마찬가지다. 더구나 아이는 동생들과 분리되어야 했다. 가족이 함께 같은 시설에 갈 수도 없고, 같은 학교에 가는 것도 쉽지 않다. 동생 셋이 다 초등학생인 걸 생각하면 아이는 시설에서든 학교에서든 따로 떨어져야만 하는 상황이다. 본인은 말할 것도 없고 주변 사람 모두 당황스러웠지만 그렇다고 전학을 안 갈 수도 없는 일이다. 선생님은 이걸 어떻게 설명해야 할지 무척 난감했다.

"선생님이 결정할 수 있는 게 없으니, 거주지와 학교가 결정되면 우리 다시 얘기하자꾸나! 너무 걱정하지 말고, 선생님이 미리 정보를 알게 되면 꼭 너한테 먼저 얘기해 줄게! 약속할게!"

　선생님은 아이에게 그런 말밖에 할 수 없었다.

　여름방학이 끝나고 2학기가 시작되는 날, 아이는 그리 멀지 않은 인근 학교로 옮겨가게 되었다. 그나마 다행인 것은 우리 학교 교감 선생님이 2학기에 아이가 가는 학교로 전근을 하게 되었다는 것이다. 교감 선생님은 아이에게 관심을 두고 더러 상담도 해 주셨는데, 새 학교에서 아이가 잘 적응할 수 있도록 지켜보겠다고 하여 마음의 부담을 좀 덜 수 있었다.

　그 후 옮겨 가신 교감 선생님으로부터 가끔 아이의 소식을 전해 들었다. 특유의 붙임성과 긍정적인 성격으로 구김살 없이 잘 지낸다고 말이다. 하지만 아이는 엄마에 대한 나름대로의 걱정, 그리고 다른 시설로 들어가 떨어져서 생활해야 하는 동생들 걱정이 끊이지 않았을 것이다. 아이가 짊어지고 있는 고민과 숙제는 여전히 태산같이 컸다.

　아니나 다를까 그렇게 아이가 중학교 2학년을 마무리할 무렵 또 소식이 들려왔다. 아이가 생활하는 시설의 사정과 규정상 다시 학교를 옮겨야 하는 상황이 발생했다는 것이다. 이번에도 역시 '비밀전학'이었다. 본인이 원하지 않아도 잘 적응하고 있는 학교를 다시 옮겨야만 하는 상황이다. 그것이 아이를 위한 일이고 제도라지만, 본인은 또 얼마나 당황스럽고 서글펐을까? 옆에서 늘 지켜보고 힘이 되어주던 학교의 선생님들도 아무런 조치도 할 수 없다. 아이는 방학이 끝나자마자 다시 학교를 옮겨야 했고, 기존 선생님들은 아이와 제대로 이별 인사를 하지도 못했다고 한다.

  아이는 또 다른 시설로 가서 그 인근 지역의 학교에서 3학년을 맞이했을 것이다. 그저 잘 적응하고 건강하게 지내기를 바랄 뿐이다. '잘 지내야 한다.' 혹 '동생들도 잘 있지?' 이런 말조차 건네기가 쉽지 않다. 어설픈 위로는 오히려 상처가 될지도 모르니, '괜찮아!' 혹은 '힘내!' 이런 말도 더는 전하지 않기로 했다.

  이후 아이는 무사히 특성화고등학교에 진학해 기숙사 생활을 하면서 자신의 적성에 맞는 공부를 하고 있다고 한다. 주변에서 어른들이 속으로 자신을 응원하고 있는 것을 너무나 잘 알고 있을 아이라서 그만 걱정을 내려놓기로 한다. 다만 아이와 비슷한 처지의 어려움을 겪고 있는 청소년들이 꽤 많다는 것을 어른들은 항상 잊지 않았으면 한다. 비밀전학이라는 말도 비밀전학을 가야 하는 아이도 또 강제전학이라는 말과 강제전학을 가야 하는 아이도 될 수 있으면 생겨나지 않기를 바랄 뿐이다.